TROP DE KILOS?

Lucienne Lacasse-Lovsted

Remerciements à madame Françoise Paris diététiste communautaire au Centre médico-social communautaire de Toronto ainsi qu'à Jolene Wadman et à Merek Pawlowski, recherchistes.

Couverture	:	Malgosia Chelkowska
Éditique	:	Lise Lauriault
Photographie	:	Tinnish Andersen
Révision linguistique	:	Denis Lalonde

© CFORP, 1997
   290, rue Dupuis, Vanier (Ontario) K1L 1A2
   Commandes : Tél. : (613) 747-1553
                Téléc. : (613) 747-0866

ISBN 2-89442-499-X
Dépôt légal — premier trimestre 1997
Bibliothèque nationale du Canada

Imprimé au Canada  Printed in Canada

À Daniel

1

Le gros adolescent joufflu qui s'examine ce matin dans le miroir de la salle de bain a beau se regarder de face puis de profil, sous aucun angle sa silhouette n'arrive à lui plaire. Plein de colère, il se traite de tous les noms que ses camarades lui ont donnés. À la piscine, on l'a appelé Bouddha parce que son ventre débordait de son maillot de bain. Puis, le jour où il est arrivé à l'école vêtu d'un blouson de soie à rayures bleues, jaunes et rouges qui accentuaient son style ballon, un camarade a interpellé tout le monde en criant :

– Hé! le Bidendom des pneus Michelin nous rend visite!

***

J'ai toujours su que j'étais gros; j'en ai toujours ri et fait rire les autres. Mais tout d'un coup, cela me fait souffrir. J'évite maintenant la piscine non pas parce que je suis plus gros que les autres, mais parce que j'y ai vu Aurélie. À cause d'elle, je ne trouve plus drôles tous les surnoms que l'on me donne! À la cafétéria, je n'ose plus charger mon plateau selon ma faim... je cache des provisions dans mon sac à dos... Bien sûr, ce n'est pas ainsi que ma silhouette va s'amincir. Il va falloir me mettre au régime... Aïe, aïe, aïe! Rien que d'y penser, j'ai faim!

Même les astres s'en sont mêlés pour me rendre ridicule : je suis né sous le signe du Taureau! Faut-il être malchanceux! Je vois encore la grande Charlotte-l'échalote qui pérorait sur l'astrologie... Oui, oui, *pérorait*, j'ai appris le sens de ce verbe — *parler longuement avec prétention* — en faisant des mots croisés.

Victor Martin continue à se déprécier ainsi comme s'il grattait une plaie par plaisir.

Je l'entends encore cette Charlotte-l'échalote, le ton pincé se prenant pour l'experte au milieu de notre petit groupe habituel.

– Toi, Vic, quel est ton signe?

Quand j'ai dit *Taureau*, tout le monde a ri. J'ai vite saisi. On a l'esprit vif quand on est toujours exposé au ridicule. Il fallait mettre les rieurs de mon côté. J'ai donc ajouté :

– J'avais l'air si déterminé en venant au monde que cela a incité mes parents à m'appeler Victor. Bébé, on m'appelait Totor pour taure, taureau. J'ai décidé d'en devenir un vrai, un énorme, pour faire honneur à mon signe!

Plus j'en ajoutais, plus je me sentais idiot. Comme des larmes commençaient à me picoter les yeux, j'ai alors fait mon numéro qui ne rate jamais : je me suis tenu le ventre comme un gros père Noël en faisant les oh! oh! oh! d'usage. De nouveau, tout le monde s'est mis à rire. Encore une fois, j'avais fait le bouffon pour m'en tirer.

Eh oui! Faire rire le monde est devenu une seconde nature chez notre obèse. Et pour éviter que ce soit à ses dépens, il a toujours une blague ou une grimace toute prête. «Comme ça, on ne rit pas de moi, on rit avec moi!» se dit-il dans ces cas-là.

Tout le monde m'avait toujours appelé Vic jusqu'à ce que le prof de littérature nous fasse étudier cette histoire par... par... je ne me rappelle même pas le nom de l'auteur. Une histoire qui est venue ajouter à mon malheur. Oui. Aussitôt que monsieur Racine a annoncé qu'on allait visionner *Boule-de-Suif* et faire connaissance avec son auteur... ah! son nom me revient : Maupassant. Ouais! un «passant» qui aurait dû passer loin de moi cette fois-là.

Vic sourit à la vue de son image; car, même dans son état dépressif actuel, il ne peut s'empêcher de faire un jeu de mots. Un ca-lem-bour, comme dirait monsieur Racine, ce prof original qui espace les syllabes des mots qu'il veut faire ressortir.

Boule-de-Suif avait répété le prof. Aussitôt, ce *cave* de François Latouche, qui pour une fois écoutait, a ricané. Puis, l'idiot s'est mis à poser des questions.

– Monsieur, pourquoi ce titre *Boule-de-Suif?* Monsieur, qu'est-ce que c'est ça du suif? D'où ça vient ça, le suif, Monsieur?

– Il faudrait dire *d'où cela vient-il* pour être gram-ma-ti-ca-le-ment correct, corrigea monsieur Racine, toujours dramatique.

Tellement content que ce demeuré ait enfin accroché à son cours, il expliqua que l'héroïne de ce drame puissant avait été surnommée ainsi à cause de son allure *ron-de-let-te.*

Je n'ai pas d'yeux dans le dos, mais je savais que Latouche me pointait du doigt. La voix de monsieur Racine ronronnait à mes oreilles que je sentais rouges et brûlantes. Une voix que j'avais si bien imitée la semaine précédente au vestiaire, au moment où Latouche «tirait une touche», comme disait grand-papa en tirant sur sa pipe. Excepté que c'était une cigarette que Latouche avait allumée pour faire le fin.

Mais paniqué, le poltron s'est étouffé de peur. Il croyait avoir été pincé par le prof. J'ai même dû lui taper dans le dos pour lui faire reprendre son souffle. Pour les imitations, tout le monde le dit, je suis le meilleur de l'école!

Un instant réconcilié avec lui-même, Victor sourit en pensant à son talent qui le met si souvent en vedette. Un talent, il faut bien l'avouer, dont il se sert parfois pour se venger des petites misères que sa corpulence lui attire. Après tout, personne n'est parfait. Il peut en prendre beaucoup, surtout s'il sent que c'est sans malice, mais il y a des limites. L'expérience lui a appris à prévenir les taquineries. Il a donc toujours une répartie de prête. Certains qui avaient cru se faire applaudir à ses dépens l'ont regretté! Ils se tiennent maintenant tranquilles en sa présence.

Après ces quelques secondes de complaisance qui lui ont remonté le moral, Victor reprend le cours de ses tristes pensées : *Ron-de-let-te...!*

Je ne voyais pas quel geste ou quelle grimace Latouche faisait dans mon dos, mais j'entendais des petits rires étouffés. Je sentais tous les yeux des élèves sur moi. J'avais même envie de me retourner tant leurs regards me chauffaient la nuque! La cloche a sonné avant que le prof ne puisse répondre aux deux autres questions de Latouche sur le suif. On m'a entouré. J'ai dit avec la voix de monsieur Racine :

– Boule-de-suif! C'est bien jo-li, mes-de-moi-sel-les et mes-sieurs...

Une autre manie de monsieur Racine qui s'adresse à ses élèves en employant des *mesdemoiselles* et des *messieurs* et qui exige qu'ils le vouvoient. Il y en a qui se font des nœuds dans la langue parce qu'ils ne sont pas assez forts en grammaire pour passer du *tu* au *vous*. J'ai continué en imitant sa voix :

– Si vous ne savez pas ce que c'est que du suif, vous ne saisirez ni la sub-ti-li-té, ni la per-ti-nen-ce du texte.

Il y a eu quelques secondes de silence, probablement parce que j'avais employé les mots *subtilité* et *pertinence* : monsieur

Racine me félicite souvent pour l'excellence de mon vocabulaire. Une fois même, Latouche a dit dans mon dos :

– Faut dire qu'il a le temps d'enrichir son vocabulaire, il ne fait aucun sport, n'a pas de petite copine, un vrai moine! Juste les mots croisés!

Ces maudits kilos! C'est bien vrai, ça éloigne les filles! Même Charlotte! En effet, elle semble tout à coup, sans raison, s'être tournée contre lui, sans doute pour plaire à François qui s'acharne sur Victor depuis quelque temps. Cela le blesse beaucoup, d'autant plus que Charlotte et lui sont voisins et amis depuis le jardin d'enfants.

Charlotte-l'échalote avait déjà ouvert son dictionnaire et lisait : «*suif,* corps gras consistant, fourni par les ruminants, bœuf, mouton, chèvre, qui sert à faire des chandelles».

– «Corps gras» a répété Latouche en plaçant son grand squelette désossé à côté de moi pour faire contraste, bien sûr.

– «Fourni par les ruminants» reprenait Charlotte-l'échalote.

Et tout le monde a ri de plus belle parce que je mâche toujours de la gomme, ce que l'on me reproche souvent. Encore une fois, j'ai ri plus fort que tout le monde. J'ai beuglé, j'ai bêlé et j'ai passé de la gomme à la ronde.

– À partir d'aujourd'hui, tu vas être notre Boule-de-suif! a continué la pimbêche, heureuse de retenir l'attention.

– C'est vieux cette histoire-là, puis c'était le nom d'une fille. Moi, je propose Bouboule, a dit Latouche. Bouboule! C'est plus rond que Ron-de-let-te.

Mais son imitation de monsieur Racine était manquée; il n'est pas doué et a une voix nasillarde qui sonne comme la pluie qui tombe dans une chaudière de fer-blanc... Il amplifiait :

– Bouboule, le nom lui va comme un gant! Je veux dire, comme une mitaine. Avec une taille pareille, c'est une mitaine qu'il lui faut.

Latouche a si peu d'esprit qu'il avait peur que les autres n'aient pas compris l'allusion. Faut-il qu'il soit cave!

Vivement, j'ai mimé un taureau enragé et me suis jeté sur lui. Il a tout de suite perdu l'équilibre. On riait maintenant avec moi de ce Rambo manqué qui faisait sonner les chaînes de son blouson de cuir et de ses bottes tant il avait du mal à se relever. J'ai même entendu Jeanne Nolin dire à son copain :

– Quel bon mime et quel sens de l'humour!

– On ne s'attend pas à tant de présence d'esprit dans cette grosse...

J'ai perdu le reste, mais je suis sûr que le copain ajoutait : «Boule-de-suif!»

Vic avait suivi les deux adolescents des yeux. Après leur disparition au tournant du corridor, il s'était senti seul, très seul. Pourtant, il était toujours entouré de filles. Oui, le gros Victor est le confident de toutes les petites amourettes... à tel point que Jeanne, qui s'occupe du journal, lui a demandé d'y tenir une chronique sur le sujet! Écouter les histoires heureuses ou malheureuses des autres lui suffisait... Jusqu'à ce qu'il ait aperçu Aurélie, une nouvelle. Soudain, les taquineries sur son

embonpoint lui sont devenues insupporta-
bles à un point tel qu'il en perd de plus en
plus sa bonne humeur.

Une mince couche de buée brouille maintenant la réflexion de Victor dans le miroir
de la salle de bain. Il cligne des yeux et
tente de se convaincre que c'est la fixité de
son regard et la lumière crue des ampoules
qui le font pleurer.

En suivant un régime alimentaire, je pourrais certainement perdre plusieurs kilos,
pense-t-il. Charlotte a bien réussi, elle.
Même si elle n'en avait pas réellement
besoin! Je dois me fixer un objectif :
devenir mince... c'est trop vague. Je dois
préciser. Mince comme qui? Comme
Robert Desrosiers, tiens donc! Ce danseur
de ballet que la classe est allée applaudir
au Théâtre français dans le rôle de Pierrot
Lunaire! Pourquoi pas? On aurait juré qu'il
flottait dans les airs. Toutes les filles s'en
étaient pâmées! Si je ne peux en faire
autant, j'aurai au moins des larmes comme
Pierrot pour toucher les cœurs... En atten-
dant, mon Bouboule, cesse de brailler et
reprends ton costume de Bidendom. Tant

que tu auras tous ces kilos en trop, aussi bien te faire accroire qu'ils ne te dérangent pas. Ris, fais rire, comme ça personne n'aura le dessus sur toi, ni Charlotte-l'échalote ni François Latouche. Oh! pardonnez-moi monsieur Latouche, je voulais dire Frank. Il ne répond plus si on ne l'appelle pas Frank. Surtout depuis qu'il a sa moto!

— Victor, veux-tu bien sortir de cette salle de bain, tu es pire que ta mère! gronde son père en secouant la porte.

— Minute 'pa, j'arrive.

Un dernier regard dans le miroir pour s'assurer qu'aucune trace d'émotion ne le trahira, et Victor ouvre la porte. Son sourire plaqué lui fait un peu mal aux commissures des lèvres, mais la voix est joyeuse.

— Salut 'pa!

— Bonjour mon gars!

2

Jean Racine, le professeur de littérature, cligne des yeux : «J'ai la berlue ou quoi?» Il croit avoir aperçu un être étrange qui franchissait le seuil de sa classe à l'extrémité du corridor.

– Sans doute une blague de ce Vic-tor, se dit-il en séparant les syllabes du nom de son élève, une habitude qu'il conserve même quand il se parle à lui-même. Lorsqu'il s'agit de faire rire, poursuit-il, ce garçon est capable des pires pi-tre-ries. Un clown! Peut-être bien un mi-san-thro-pe? Car les vrais clowns sont souvent des mi-san-thro-pes, des hommes bourrus. Vic-tor est tout le contraire du type bourru; il est exu-bé-rant et ne hait pas les autres... Alors? Cette habitude qu'il a de se moquer de lui-même, de son physique, de se dépré-cier. Se pourrait-il que son physique l'embarrasse? Il semble pourtant très populaire. Il faudra que je l'observe davantage. Mon meilleur élève. Je voudrais bien qu'il ne souffre pas de cette condition d'obésité qui sera la sienne toute sa vie. Il faudrait qu'il se montre aux autres tel qu'il est, sensible et généreux, pas du tout comme ce bouffon qu'il prétend être.

À dessein, le prof a ouvert la porte de sa classe silencieusement et reste un moment à observer la scène. Victor, que tout le monde appelle maintenant Bouboule, est devant le bureau du prof. Il vient de déposer le rapport de lecture à remettre ce matin. Il oscille lentement sur lui-même comme une toupie dormante, sifflote en sourdine : «Ah! si mon moine voulait danser», puis s'agite dans une danse frénétique lorsqu'il arrive au refrain : «Danse mon moine, danse, tu n'entends pas la danse...» Quelques élèves tapent des pieds et des mains pour l'encourager.

Victor porte son blouson de Bidendom, et les gros écouteurs de son baladeur complètent sa ressemblance avec la rebondissante mascotte rendue familière par la télévision.

Monsieur Racine annonce son arrivée en se râclant la gorge. Du coup, le silence règne. Malgré ses excentricités, ce prof a une très grande autorité sur sa classe. Surtout qu'il a promis de révéler ce matin la date des examens du premier semestre et de donner des indices sur les questions. Le silence rétabli, il annonce qu'il demandera une étude de quelques pages sur un auteur «de votre choix» précise-t-il. «Quelques pages suffiront.»

– Pourquoi une étude, Monsieur? interroge immédiatement François Latouche. Des questions seraient bien plus intéressantes?

– Pour éviter toute ré-gur-gi-ta-tion d'idées toutes faites. Je n'exige pas des pages et des pages; je veux simplement vos réflexions per-son-nel-les, clairement é-non-cées. Vous pouvez choisir un ouvrage dans la liste des lectures suggérées au début du semestre.

– En comptant toutes les autres matières à préparer, c'est trop demander, Monsieur, proteste Latouche revenu de sa surprise et soutenu par toute la classe.

– Vous pourriez peut-être revoir *Boule-de-Suif*, monsieur Latouche; il semble que vous ayez tiré plaisir de cette nouvelle de Guy de Maupassant, réplique monsieur Racine en le fixant d'un regard sévère. L'adolescent rougit sous le reproche évident. Vous pourriez, par exemple, faire ressortir la générosité du caractère du personnage principal au lieu de vous laisser distraire par un surnom farfelu. Attention à vous tous, votre travail doit être présenté sous un angle personnel; je répète : pas de ré-gur-gi-ta-tion, même pas celle de mes sages con-si-dé-ra-tions! Assez parlé sur ce sujet. Aujourd'hui, nous aborderons...

Monsieur Racine, intense et dramatique comme toujours, entraîne ses élèves dans la découverte d'une autre grande figure de la littérature; «cette fois, l'une des nôtres» annonce-t-il avec fierté. Je vous présente Gabrielle Roy. Son premier grand roman, *Bonheur d'occasion*, que nous allons étudier, a été le premier ouvrage canadien inspiré de la vie ur-bai-ne.

Ennuyé d'abord par la perspective du travail qu'il devra préparer pour l'examen, François Latouche se laisse si bien gagner par la ferveur du prof qu'il sursaute lorsque le signal indiquant la fin du cours se fait entendre.

Monsieur Racine, à qui aucune attitude de ses élèves n'échappe, a remarqué l'intérêt et l'émotion montrés par le garçon.

– Ce Latouche ne serait donc pas si insensible que ça? se dit-il. C'est vrai que *Bonheur d'occasion* accroche toujours mes élèves. En plus de la beauté de l'écriture, ce roman vaut mieux qu'un traité de so-ci-o-lo-gie; il suscite de bonnes discussions qui me permettent d'éveiller ces jeunes à leurs res-pon-sa-bi-li-tés sociales... Même s'ils viennent presque tous de familles aisées, la situation économique actuelle inquiète tout le monde. J'imagine qu'on doit en discuter dans leur famille, autour de la table. Je suis certain qu'ils sont déjà conscients du malaise général.

Pour les préparer à la vie, monsieur Racine cherche un moyen de faire comprendre à ses jeunes le drame de la pauvreté. «Comment m'y prendre pour qu'ils profitent plus tard de mes conseils?» se demande-t-il. Il s'ébouriffe les cheveux, une autre de ses manies lorsqu'il réfléchit.

– J'y suis, se dit-il. En montant une pièce de théâtre! Une création collective... Oui! Je ferai participer le plus de monde possible et, mine de rien, nous approfondirons ensemble les questions que soulève *Bonheur d'occasion*. Voilà : on pourrait s'y mettre immédiatement après les Fêtes. Les talents dramatiques ne sont pas tous de même force... mais le but ne sera pas tellement de présenter un chef-d'œuvre que de sensibiliser les élèves... Quoique je ne boude pas le succès, loin de là.

Professeur dévoué, Jean Racine a fondé un club d'art dramatique dont il est très fier.

– Il faudrait tout de suite commencer à y intéresser mes comédiens naturels : Victor, François... Oui, François. Il agit négativement, mais c'est pour se donner un genre. Il adore attirer l'attention et il a le verbe haut! Ce sera une bonne façon de canaliser son a-gres-si-vi-té.

Du côté des filles : Jeanne Nolin, bien entendu. Cette fille fait montre d'une grande énergie et se dé-mar-que nettement des meilleures de la classe. Charlotte... À ma courte honte, j'allais dire Charlotte-l'échalote! Il ne manquerait plus que cela qu'un prof endosse, même en pensée, un surnom accolé à l'une de ses élèves. Même si je reconnais la justesse de l'a-na-lo-gie! Je leur dois res-pect et com-pré-hen-sion. Charlotte Bienvenue donc, et ses nouveaux airs de prima donna, un phé-no-mè-ne étrange dont j'ignore encore le secret... Charlotte pourra, telle qu'elle est en ce moment, projeter le caractère de la personne qui, trop absorbée par son image, ne voit pas la souffrance des autres. Évidemment, son rôle la transformera; ce sera peut-être sa planche de salut, car ce n'est pas sa vraie nature d'être ainsi... Déjà quatre per-sonnalités qui ressortent dans une classe de vingt-quatre. En faisant travailler les autres bien fort, on fera quelque chose de bien!

Monsieur Racine s'est attardé si longue-ment à ses ru-mi-na-tions qu'il décide de manger son sandwich à son bureau et de ne passer à la cafétéria que pour prendre un café.

– Heureusement que ma femme a été généreuse avec le fromage crémeux, cela s'avale facilement, constate-t-il avant de mordre dans sa croustillante brioche au sésame, et qu'elle n'oublie jamais ni les crudités ni les fruits. Tiens, un de ses délicieux muffins! À garder pour plus tard, je suis assez ras-sa-sié. Les lunchs de ma femme sont toujours bien équilibrés! Il faut dire qu'elle est diététicienne. Je suis chanceux qu'elle ait refusé mon offre de les préparer.

– Fais plutôt la vaisselle, tu es trop distrait. Dieu sait ce qu'on aurait à se mettre sous la dent si tu préparais les casse-croûte, lui avait-elle répondu en riant de sa bonne volonté.

À la maison aussi bien qu'à l'école, le cher homme passe pour un distrait reconnu.

– Même si je perds deux ou trois parapluies par année, je n'ai pas la tête dans les nuages, proteste-il. Je suis fier d'être en tout temps conscient des difficultés de mon entourage. Je donne toute mon attention à ce qui fait battre le cœur de ceux que j'aime, notamment mes chers élèves. C'est là l'es-sen-tiel!

3

Cachée par la porte ouverte de son casier, Charlotte observe Victor.

Il a l'air bien triste ce pauvre Bouboule, je veux dire Victor! Je devrais me mordre la langue chaque fois que je l'appelle Bouboule, même en pensée, tellement il est visible que ce surnom le blesse. Je m'en veux d'avoir secondé François, je veux dire «Frank», car il y tient, lui, à son surnom macho, ça va avec le personnage qu'il joue. Et puis, ce n'est tout de même pas de ma faute si Vic est si gros. Bouboule : le nom lui va comme une mitaine, comme l'a dit Frank. Mais j'y ai mis mon grain de sel... pour accrocher l'attention de mon macho, et j'en ai honte. Je me demande bien pourquoi Frank est maintenant toujours sur le dos de Vic. Ils étaient de si grands amis. C'est justement à cause de cette amitié qu'ils sont voisins de vestiaire. D'habitude, on ne voyait pas l'un sans l'autre. On les taquinait bien sur la paire qu'ils faisaient, «Laurel et Hardy», mais ils en riaient tous les deux. Frank était rigolo, lui aussi, dans ce temps-là. Maintenant, il se prend pour James Dean qu'on voit dans les films classiques : l'air sombre comme s'il portait le poids du monde. En y pensant bien, le retournement de Frank contre Vic remonte à cette histoire de vandalisme à l'école Winona. Frank, Victor et Éric... L'impressionnant Éric devenu cher à Line Nolin!

Charlotte pousse un soupir d'envie en pensant au garçon qui est le copain inséparable de Line depuis l'incident de plus en plus oublié de tous.

Quelle romance! soupire Charlotte. Je voudrais donc que quelque chose se produise entre Frank et moi. Mais j'ai bien peur que cela n'arrive jamais. Premièrement, j'ai une peur bleue de la moto et Frank, lui, ne vit que pour sa Honda. Il ne voit même plus que j'existe, pourtant on disait que j'étais la troisième du groupe, Frank, Vic et moi. Ah! Il faut bien que je me l'avoue : c'est surtout parce qu'il tourne autour de Jeanne Nolin que je ne compte plus pour lui. Jeanne Nolin qui le croit un vrai macho. Il faut l'entendre, elle, réclamer l'égalité des filles! Elle n'est pas prête à accepter le ton et l'allure qu'il se donne avec son blouson de cuir clouté, ses chaînes et ses bottes. Moi, je sais bien qu'il n'est pas un vrai dur, mais je n'irai pas le dire à ma rivale! Qu'est-ce qui fait qu'il la préfère à moi? Elle si sérieuse et lui tellement préoccupé de son image? Il est probablement impressionné par son allure. Dire qu'elle s'habille à l'Armée du Salut, c'est visible quand on s'y connaît.

Pauvre Charlotte qui choisit ses vêtements selon les marques à prix élevés. Elle est la preuve que le prix fort n'est pas nécessairement signe de bon goût.

L'adolescente se regarde dans le long miroir qu'elle a installé à l'intérieur de la porte de son casier. En quelques mois, elle a beaucoup maigri! Les Fêtes de Noël et du jour de l'An, célébrées chez elle autour d'une table plus riche que d'habitude, ne lui ont pas fait regagner un kilo.

– Cette petite tunique noire me va bien, se complimente-t-elle. Tout le monde l'a souligné. Tout le monde... excepté Frank. Ce n'est pas juste que Jeanne reste mince malgré les frites couvertes de sauce qu'elle mange! Moi, je prends du poids juste à passer devant le comptoir de la cafétéria.

L'histoire du vandalisme à l'école Winona a fait surface au club d'Art dramatique dont Charlotte et Jeanne sont membres. On cherchait un thème pour le sketch à présenter aux parents à la fin du premier semestre.

Pour faire démarrer la discussion, Jeanne avait raconté brièvement comment, deux ans plus tôt, des élèves qui visitaient l'école de sa sœur avaient saccagé le vestiaire et jeté les chaussures de sport neuves de Line dans l'incinérateur. Devant le chagrin de la victime, qui avait tant travaillé pour se les payer, ses amis s'étaient spontanément cotisés pour les remplacer.

– On ferait ressortir la générosité qui découle de l'amitié, avait conclu Jeanne. On montrerait alors à nos parents que notre génération est aussi bonne que la leur!

Charlotte savait tout de l'incident évoqué par Jeanne. Frank le lui avait conté.

J'étais sa confidente dans ce temps-là, se rappelle-t-elle. Il m'avait confié que ce qui l'avait poussé à seconder Éric, dans son méfait, c'était que ses parents ne faisaient pas attention à lui et qu'il avait voulu les forcer par ce mauvais coup à s'apercevoir de son existence. Quel choc avais-je eu de découvrir un Frank si vulnérable. À le voir maintenant cynique, parfois méchant, je me demande si j'ai rêvé cet abandon... Ah! quand on parle du loup, il arrive. Je le vois au bout du corridor.

Elle pivote si rapidement pour l'accueillir qu'elle en est tout étourdie pendant quelques secondes. Elle se stabilise, chasse d'un battement de paupières le léger nuage qui obscurcit sa vue et attrape ce qu'elle appelle son lunch : un cœur de céleri et une carotte.

Elle a réussi à perdre quelques kilos cette semaine. Ce n'est pourtant pas facile de maigrir alors que sa mère a toujours les yeux sur elle au dîner. Elle n'en finit pas d'offrir à sa fille ses bonnes sauces, ses gâteaux et biscuits tous faits au beurre. Toujours de la crème fraîche sur les fruits. Mère et fille aiment bien manger. Charlotte avale tout, mais aussitôt sortie de table elle s'enferme dans les toilettes pour vomir.

Sa mère, qui a bien quelques bourrelets, entreprend des régimes miracles quand elle a une grande sortie en vue. Elle peut perdre jusqu'à cinq kilos en un temps record pour entrer dans ses élégantes toilettes. Pas étonnant que l'adolescente croie que pour être belle il faille être maigre comme un clou.

Charlotte prend conscience d'un spasme douloureux à l'estomac comme elle en éprouve de plus en plus souvent.

– Salut Charlotte! dit Frank souriant, accompagné de Victor. Je veux te demander quelque chose... Tu veux bien nous excuser, Bouboule, c'est personnel.

4

Bouboule par-ci, Bouboule par-là, dit Victor révolté. Dire qu'on était de vrais frères. Est-ce possible que Frank ignore que je n'en peux plus de continuer à faire le bouffon à cause de ce maudit surnom qu'il m'a donné? Il s'est retourné contre moi graduellement. À force d'y réfléchir, je crois bien avoir trouvé l'origine de ce revirement. Il me semble que c'est arrivé après notre mauvais coup à l'école Winona. Depuis, il est devenu insupportable. Pas seulement envers moi, il est désagréable avec tout le monde.

Après cette stupide aventure, je commençais à être drôlement inquiet de ce qui m'attendait à la maison. Je me rappelle avoir dit :

– Mon père ne badine pas avec la mauvaise conduite... Je vais attraper une de ces punitions.

– Tu es bien chanceux que tes parents s'occupent de toi, m'avait répondu Frank. Les miens ne s'aperçoivent même pas que j'existe. J'ai beau faire les cent coups pour attirer leur attention, je n'y arrive pas. Plus mes bêtises sont graves, plus ils me donnent de l'argent de poche.

Je n'en croyais pas mes oreilles; Frank se plaignait d'être ignoré de ses parents. J'ai voulu lui dire un mot pour le consoler, mais il avait déjà changé de propos. Après cet aveu, il n'a jamais été le même avec moi. Je pense qu'il ne se pardonne pas d'avoir laissé entendre qu'il souffrait autant.

Il est fier, Frank. Je l'ai toujours admiré pour cela. Mais maintenant, il est simplement arrogant. La plupart du temps, c'est pour impressionner Jeanne Nolin. Je sais cela et aussi ce qu'elle pense de lui... Elle me l'a souvent dit et, chaque fois, imbécile comme je suis, j'ai pris sa défense! C'est que je le considère encore comme un frère. Il devrait bien avoir deviné qu'il n'intéresse pas Jeanne. En plus d'en éprouver du chagrin, son orgueil en prend aussi un coup. Lui qui impressionne tant de filles... à commencer par Charlotte, il est dédaigné par celle qui lui plaît le plus! Un bon jour, il aura besoin de se confier. À qui? À moi, son ami de toujours. Je pense que je le supporte encore parce qu'il me fait pitié. À force d'être la cible des taquineries de tout le monde, je suis devenu sensible à ce que les autres peuvent souffrir.

Par exemple, cette pauvre Charlotte! J'ai de la peine à la voir se morfondre pour lui. Morfondre? Je devrais plutôt dire *fondre*! On dirait un manche à balai! J'en suis inquiet. Elle, toujours si simple et pleine de vie! En classe, elle fait l'intelligente, pose des questions à temps et à contretemps. Le plus souvent, elle a l'air égaré. Elle marche comme une automate. Elle qui mangeait autant que moi, elle sort maintenant sa branche de céleri, sa carotte ou son pamplemousse au lunch. Je suis certain qu'elle crève de faim. L'autre jour, assise en face de moi, c'est-à-dire en face de mon plateau qu'elle a fixé jusqu'à ma dernière frite, elle avait l'air si misérable que tout m'est resté sur l'estomac.

Mais sa réussite m'inspire tout de même, elle qui, autrefois, était un peu boulotte. Au point que j'ai bien envie de lui parler de ma résolution de maigrir. Comme cela, je serai obligé de tenir le coup. Je me sentirai compromis, forcé de me priver de manger. J'ai pourtant plusieurs bonnes raisons de le faire; trop de kilos, c'est dangereux pour le cœur, à ce qu'on dit. Sans compter l'esthétique. Je ne vais plus à la piscine, je me tiens loin du gymnase. Pour tout avouer, la question de santé pèse peu dans la balance. Faire rire de moi, en étant étiqueté de ce surnom de Bouboule, m'exaspère. L'autre jour, j'ai failli mettre mon poing sur la gueule de Frank. Je suis aussi fort que lui, quoiqu'il se prenne pour Rambo! Je ne suis peut-être pas aussi en forme que lorsque je faisais du sport. Bien oui, j'ai tout laissé tomber, ce fichu de Frank a fini par me donner des complexes...

Mais la véritable raison, c'est Aurélie. Jusqu'ici, je me suis tenu loin d'elle afin qu'elle ne me voie pas uniquement comme le gros bouffon, bon seulement à faire rire!

Si Charlotte a réussi à perdre autant de kilos, continue-t-il en se sermonnant, je peux le faire aussi. Je vais prendre mon courage à deux mains et lui demander le régime qu'elle suit.

À la guerre comme à la guerre... même si j'ai toujours détesté le céleri et les carottes, j'en ai assez d'être cette grosse boule de suif que tout le monde appelle Bouboule!

5

Charlotte n'arrive pas à se concentrer sur ce que Frank lui raconte. Elle met tous ses efforts à garder sur son visage la grimace qu'elle imagine être un sourire irrésistible. Par moments, elle sent que la tête lui tourne. Elle passe alors sa main dans sa longue chevelure noire striée de mèches qui vont du rouge flamboyant au roux profond en passant par des teintes orange. Dans un geste à la Mitsou, elle en ramène une sur son visage et en mordille le bout.

Si Frank n'était pas si pris par ses propres préoccupations, il verrait bien que la pauvre Charlotte est près de s'évanouir. Toujours si sûr de son charme, il éprouve une gêne paralysante. Les mots lui manquent pour formuler ce qu'il veut.

— Pourrais-tu t'arranger pour que Jeanne vienne à ma soirée qui a lieu dans dix jours?

Un léger gémissement, et la tête de Charlotte vient toucher la table. Elle est sans connaissance.

Monsieur Racine, qui avalait son café en vitesse à la table voisine, a entendu le bruit mat. Rapidement, il se porte au secours de l'adolescente. Il lui abaisse la tête pour rétablir la circulation du sang, une technique apprise il y a bien trente ans pendant son cours de premiers soins de l'Ambulance Saint-Jean.

Si elle se voyait, la coquette Charlotte, la tête entre les deux jambes écartées, les bras ballants, elle en mourrait d'embarras! Mais la recette des ambulanciers est infaillible. Elle reprend vite conscience. Devant son air perdu, monsieur Racine s'empare du cola glacé de Frank et lui en fait avaler quelques gorgées.

Seul à sa table, Victor observe la commotion.

– Pas surprenant, se dit-il, qu'elle soit tombée dans les pommes : une carotte et une branche de céleri, c'est tout son lunch. Elle exagère, la belle Charlotte! Pourtant, elle avait encore de l'énergie pour se donner des airs punk quand Frank est venu nous rejoindre. L'imbécile! Il lui a fait perdre connaissance. Je mettrais ma main au feu!

Déduction assez juste. Sauf que le régime de crève-la-faim que s'impose l'infortunée a aussi sa juste part dans l'affaissement de l'adolescente.

– Aidez donc Charlotte, monsieur Latouche, amenez-la chez l'infirmière, commande monsieur Racine, impératif comme un vrai brancardier de service.

Charlotte proteste.

– Je suis déjà mieux. Merci, monsieur.

– Voilà un muffin, ajoute-t-il avec autorité. Prenez, c'est ma femme qui l'a fait. Beaucoup plus nu-tri-tif que ceux d'ici...

– J'ai déjà mangé...

– Pas assez, j'en ai bien peur, dit-il en évaluant la silhouette filiforme de l'adolescente. Mangez-en la moitié au moins.

Allons! Pas de manières! Ils sont si bons, ils se mangent sans appétit. Son et miel, tout pleins de noix et de raisins, récite-t-il sur le ton d'un poème d'amour.

Du moins, c'est comme cela que l'entend Charlotte, l'affamée. Frank, lui, n'a pas deviné que sa demande a contribué à la défaillance de Charlotte. Comme tout le monde, il a remarqué comme elle a changé depuis quelque temps. Lui-même préoccupé de son apparence, il l'avait même félicitée d'un sifflement admirateur le jour où elle est arrivée à l'école dans sa robette fourreau noire et sa chevelure aux reflets flamboyants.

– Chouette! lui avait-il dit. Une minceur de... de lame de couteau, tiens!

Une comparaison mi-figue, mi-raisin, faite parce que Charlotte est parfois si tranchante que même Frank a souvent droit à ses sautes d'humeur. Mais dans son obsession de minceur, l'adolescente l'a prise pour un compliment.

Sans pitié, Frank répète sa question dès qu'elle est sortie des vapeurs.

– Tu peux parler à Jeanne?

– Tu devrais le faire toi-même, murmure-t-elle.

– Naturellement, je l'ai déjà invitée, mais elle avait une excuse. J'ai pensé que, mine de rien, tu pourrais lui dire comme on s'amusera ferme. Mes parents seront absents... (Comme toujours, pense-t-il, sans toutefois le dire tout haut.) Pas de chaperons, je t'assure qu'on ne s'ennuiera pas! Je te rendrai cela, Charlotte... D'ailleurs, un vieux copain, que tu as toujours aimé, sera là... Éric...

– Avec Line Nolin, j'en suis sûre...

– Line Nolin, parente de Jeanne?

– Sa sœur, idiot! Penses-tu que Jeanne Nolin est si unique qu'elle n'a ni père, ni mère, ni frère, ni sœur! Et si tu ne le sais pas encore, apprends-le : c'étaient ses chaussures de sport qu'Éric avait jetées à l'incinérateur...

– Penses-tu que Jeanne sait que j'étais dans le coup?

– Qu'est-ce que ça peut bien faire? Si sa sœur, la victime, est devenue elle-même l'inséparable d'Éric, c'est dire que cette vieille histoire est enterrée!

– C'est fort ça!

C'est fort... fort comme l'amour! se dit Charlotte désolée. Dire que je suis en train de mourir de faim pour cet aveugle... Mais il faut que j'y aille, Frank, s'excuse-t-elle pressée de s'éloigner au plus vite tant elle a peur de fondre en larmes. J'essaierai de parler à Jeanne... trouve-t-elle encore le courage de promettre.

– Je te le rendrai, Charlotte!

Faut-il être inconscient, pense tristement Charlotte. Comme si j'avais intérêt, moi, à convaincre Jeanne... Mais à bien y penser... peut-être que j'y gagnerais quelque chose après tout : franche et directe comme elle l'est, Jeanne, qui le trouve tellement vaniteux, ne pourra s'empêcher de lui dire ses quatre vérités... Il finira bien par comprendre qu'il n'a aucune chance avec elle. Vers qui ira-t-il pour se faire consoler? Vers Charlotte! sa vieille copine de toujours!

C'est cela le problème. On se connaît depuis toujours. Comme frère et sœur. Je fais partie du paysage... il ne peut pas imaginer qu'il m'intéresse maintenant d'une autre façon. Bon, avec qui aller à cette soirée? Je n'ai pas la force de faire du charme à qui que ce soit, je vais me rabattre sur Bouboule, pas besoin de faire des manières avec lui, un autre vieux copain... Ouais, j'ai bien mal agi envers ce cher vieux copain, lui sur qui on peut toujours compter...

6

Pendant toute une journée, Charlotte s'était demandé si elle aurait le front d'inviter Vic à l'accompagner chez Frank. Comme elle ne se sentait pas l'énergie de faire des gentillesses à un nouveau cavalier, elle l'aborda bravement.

Il faut ajouter qu'une certaine Hélène, qui tourne aussi autour de Frank, n'avait pas mâché ses mots. Cette fille avait ravivé le remords de Charlotte de belle façon.

– Je n'aurais jamais cru cela de toi! s'était-elle indignée. T'être acharnée sur Vic, un ami! Pour plaire à Frank, bien sûr! Ça crevait les yeux! C'est évident que Vic est gros, mais il a tellement d'esprit et si bon cœur! On ne peut pas en dire autant de tout le monde... Puis, tu nous as bien fait rire avec ton intérêt subit pour la littérature, surtout que, dernièrement, ta grande préoccupation, c'est plutôt l'habillement. J'ai bien failli te le mettre sur le nez, mais je suis délicate, moi. Je ne blesse pas les gens pour me mettre en valeur.

Charlotte voulait montrer à Frank qu'elle est aussi intelligente que Jeanne Nolin, mais elle regrette son attitude chaque fois qu'elle revoit la scène. Je n'avais pas l'intention de blesser Vic, se dit-elle. Ces jours-ci, on dirait que je ne contrôle plus ce que je dis! Je vais essayer de me racheter.

À la décharge de Charlotte, il faut dire que, quelques jours avant la projection du film *Boule-de-Suif*, elle avait entendu Frank vanter Jeanne à un copain.

– Chouette, cette fille-là! Aussi bonne en littérature qu'en politique, un peu féministe sur les bords, mais je pourrais peut-être lui changer les idées, hein!

Sûr de son charme, elle l'avait vu bomber le torse avant de dire :

– Pas un seul kilo en trop. Elle semble légère comme une plume. Une plume que j'aimerais bien soulever, si tu comprends ce que je veux dire!

Cette nuit-là, Charlotte, que les tiraille-ments de son estomac tenaient éveillée, était descendue à la cuisine à pas de loup et s'était empiffrée d'un bon litre de crème glacée à l'érable et aux noix. De la vraie Häagen-Dazs, suivie des six ou sept petits fours à la crème qui restaient du goûter servi par sa mère aux membres de son club de bridge.

Cette nuit-là, elle avait senti que la bataille était perdue, que le régime radical qu'elle s'imposait était inhumain et qu'elle avait besoin de manger.

Puisqu'il faut manger, mangeons! avait-elle décidé, quitte à tout vomir après! Un raisonnement boiteux et dangereux. Seul son désir de plaire à Frank l'empêchait d'en voir la stupidité.

Pas si facile que ça vomir. Au début, elle n'arrivait pas à régurgiter les aliments avalés. Un doigt dans le fond de la gorge, et le cœur lui vient au bout des lèvres. Si bien que c'est maintenant devenu une rou-tine après chaque bombance.

Elle grignote ses crudités ou déguste un yogourt devant tout le monde, puis elle court s'enfermer dans les toilettes. Là, elle se gave de pâtisseries, de chocolats ou de tout autre aliment qui se croque sans bruit comme des poudings, des salades de macaroni, etc. Son obsession la rend gloutonne au point qu'elle lèche même les emballages, se pourlèche les lèvres et puis, hop!, l'index dans la gorge, elle dégobille en étouffant les traîtres sons avec les glouglous de la chasse d'eau.

Charlotte avait craint le refus de Vic. Mais il a accepté si vite de l'accompagner qu'elle s'en pose encore des questions.

Est-ce normal, se dit-elle, d'être aussi bonne nature que cela? De ne pas avoir de rancune? Ce n'est pas Frank qui se laisserait humilier sans exiger des excuses! Pauvre Bouboule!

Elle rougit de honte en l'appelant ainsi, même intérieurement et pour elle seule, alors qu'elle va faire appel à la générosité du garçon. Elle se corrige.

– Pauvre Vic! Il ne mérite pas d'être taquiné si fort à cause de son poids. D'autant plus qu'il est plus souple et plus agile que tous les garçons que je connais.

Élevé dans les traditions ukrainiennes de sa mère, Vic a toujours fait partie du groupe de danseurs applaudis au cours du festival annuel des ethnies de la ville. IL A ÉTÉ LA *GROSSE* VEDETTE DE LA DANSE DU SABRE. Charlotte n'a pu retenir un sourire en se rappelant l'affiche posée au mur de l'école. Avec son humour particulier, Vic avait lui-même barré *GRANDE* pour écrire *GROSSE.*

Cette habitude, qu'a le garçon de faire des blagues sur son apparence, aurait pourtant dû mettre la puce à l'oreille de ses amis, leur faire comprendre qu'il ne pouvait être si bien dans sa peau puisqu'il y faisait si souvent allusion. Mais à part monsieur Racine, personne ne l'avait remarqué.

Or, maintenant qu'elle souffrait des affres de la faim et aussi de l'indifférence de Frank, Charlotte devenait plus sensible et commençait à comprendre certains signes qui ne trompent pas.

Elle revoit l'air radieux de Victor après son grand succès, au festival. Il avait donné deux rappels à l'auditoire enthousiasmé par l'énergique danse qui l'avait fait évoluer au ras du sol, *en petit bonhomme*, tout le corps renversé, soutenu par la force des poignets pour ensuite bondir en sauts prodigieux, les jambes écartées rejoignant les bras à hauteur d'épaule. Ces acrobaties exigent une force et une agilité extraordinaires pour que le danseur maintienne le rythme endiablé de la musique.

– Même si j'adore Frank, je ne crois pas qu'il serait capable d'en faire le quart! se dit Charlotte. Depuis qu'il a sa moto, il ne marche même plus. Comment pourrait-il danser?

Reprise par l'inquiétude que lui cause le changement d'humeur de Vic, Charlotte en cherche le commencement et le pourquoi. Elle s'illumine soudainement.

– C'est ça! Plus j'y repense, plus j'y suis : Aurélie était avec moi ce soir-là. Nous sommes allées féliciter Vic après sa performance! Quand il nous a aperçues, toute sa fatigue a disparu, c'est-à-dire quand il a aperçu Aurélie. Je l'avais vu la veille après la répétition et je me souviens qu'il était loin d'être radieux comme cela après son numéro. Naïve, j'ai pensé que l'adrénaline, les applaudissements, les bravos des spectateurs lui avaient redonné ses forces... Idiote, je n'ai pas vu que c'était la présence d'Aurélie qui faisait disparaître son épuisement.

Dans un autre éclair de lucidité, Charlotte comprend tout à coup que les compliments de Vic sur son apparence et son intérêt pour le secret de sa minceur viennent de son propre problème.

– Pour plaire à Aurélie, je gage qu'il désire perdre du poids, se dit Charlotte. C'est une chose que je comprends très bien et qui me donne la chance de réparer le mal que j'ai pu lui faire. Je vais lui conseiller le régime miracle que suit ma mère quand elle veut perdre rapidement cinq à six kilos. Je vais lui donner le fameux régime aux bananes de maman.

Charlotte ne sait pas que perdre du poids si rapidement détraque le métabolisme, c'est-à-dire l'énergie de base nécessaire pour assurer la respiration, la circulation sanguine et le fonctionnement des organes vitaux. Privé brutalement de l'apport énergique auquel il était habitué, parfois depuis des années, le corps apprend à remplir les mêmes services avec moins de calories. L'organisme devient économe et efficace; il fonctionne au ralenti, il s'adapte. Mais au lieu de ressentir la situation comme une privation bienfaisante, l'organisme l'interprète comme une disette ou une menace de famine; et dès qu'on lui donne de nouveau les quantités de nourriture qu'il recevait avant le régime, il réagit rapidement et s'empresse de faire des provisions au cas où il serait privé de nouveau. Au bout de quelques semaines, le corps retrouve son poids initial, le dépasse même.

C'est ce qui se produit dans le cas de la mère de Charlotte. Elle recommence alors son régime pour perdre les kilos qu'elle a repris. Plus elle se prête à ce jeu-là, plus il lui faut de temps pour perdre du poids et plus rapidement elle regagne son poids initial : cela s'appelle le syndrome du yoyo.

Charlotte, elle, souffre maintenant de ce que les médecins appellent *anorexie-boulimie*. D'un côté, elle se prive avec excès et, de l'autre, elle mange avec plus d'excès encore. Pas surprenant qu'elle soit complètement désorientée. Malgré ses bonnes intentions, elle est la plus mal placée pour conseiller Victor.

De son côté, Vic a tout de suite pensé que si Aurélie le voit accompagner une fille dans le vent comme Charlotte, elle va sûrement conclure que le gros Bouboule ne peut pas être si mal que cela.

– Une fois sur place, je trouverai bien le courage de lui parler et de la faire danser, se dit Victor.

Pour Victor, *parler* veut dire *exprimer ses sentiments*. Ce qu'il déplore, c'est de ne pas pouvoir dépasser les échanges superficiels quotidiens.

– En plus, elle semble aimer rire, poursuit Victor. Pas comme cette pauvre Charlotte qui perd toute sa bonne humeur d'autrefois en même temps que son poids. Des fois, elle est si à pic que je lui tordrais le cou! Elle développe toutes sortes de tics, comme battre des paupières à vous en faire loucher. Elle a presque toujours l'air égaré. Quand elle ne bégaie pas, elle pétarade ses répliques qui sont sarcastiques, blessantes même... Elle n'est plus la gentille Charlotte qui était bien populaire. Cependant, il faut bien admettre que sa nouvelle apparence fait de l'effet. Je me demande combien de kilos elle a perdus? Elle n'est plus que l'ombre d'elle-même. Si je pouvais donc réduire dans la même proportion qu'elle ou de moitié, car réduire à ce point me fait un peu peur. Huit ou neuf kilos en moins, et j'aurais le courage de parler à Aurélie! Je vais en dire un mot à Charlotte... En guerre contre les *boules de suif*! dit-il en s'encourageant.

***

– Vic, il faut que tu perdes au moins huit à neuf kilos d'ici la soirée chez Frank, si tu veux plaire à Aurélie!

Pan! Dans les dents, comme on dit. Notre ado s'était pourtant promis d'être délicate. Elle continue.

– Tiens! Voici une copie du régime que ma mère suit de temps en temps quand elle doit maigrir rapidement. Ça fonctionne toujours. Ce sera facile au commencement, après tu pourras toujours trouver mieux!

Décidément, elle n'arrive plus à contrôler ses paroles, maugrée Vic à la suite de l'apostrophe de Charlotte. Sa première réaction a été de lui dire : «Si c'est pour devenir aussi insensible que toi, garde-le ton régime miracle!» Mais la vision de sa propre silhouette allégée, s'inclinant devant Aurélie pour l'inviter à danser, lui a fait ravaler sa réplique. Il a pris la copie, sans toutefois la remercier.

Régime aux bananes, lit-il. On recommande de suivre scrupuleusement la quantité permise à chaque repas pendant dix jours. On promet une perte de poids entre six et neuf kilos selon le métabolisme de l'usager. «Comme si quelqu'un avait peur de poursuites judiciaires pour fausse représentation» se dit Victor en souriant.

Premier jour : six bananes et deux œufs durs. Pouah! Vic est presque ébranlé. Heureusement, une variété de fruits en quantité énorme est permise le jour suivant : pommes, oranges, raisins, pamplemousse... bananes à chaque repas; il devra même se forcer pour pouvoir tout avaler. Une moindre variété est offerte au troisième jour, mais avec augmentation de la quantité de bananes; puis, on en arrive aux bananes, uniquement. Douze en tout. À en avoir la nausée et à ne plus vouloir voir de bananes le reste de sa vie. Et le cycle se répète pendant dix jours.

Victor perd deux kilos le premier jour, un le deuxième; en reprend deux le troisième jour. Une oscillation qui lui donne des sueurs d'inquiétude, mais qui conduit triomphalement à la perte espérée de neuf kilos en tout le dixième jour, jour de la soirée chez Frank!

«Un vrai miracle!» dit en jubilant notre obèse qui sort de la douche. «Zut! s'exclame-t-il un moment plus tard, je perds mon pantalon! Pas le temps de le faire reprendre. Va falloir que j'aille m'acheter des bretelles.»

***

Devenu sensible aux odeurs de cuisine, Victor a de vraies hallucinations en descendant la rue principale bordée de restos presto qui déversent leur fumet par leur système d'air conditionné. Il détecte même celui de cette nouveauté, la poutine qui rime si bien avec mine : poutine-mauvaise-mine, chantonne-t-il pour vaincre la tentation d'entrer manger une double portion de ce cataplasme à la sauce brune et au fromage fondu sur des frites ramollies.

La période de privation est passée, mais Vic n'ose pas encore prendre *un vrai repas*.

Pas question de perdre le fruit (c'est le cas de le dire) des dix derniers jours. Depuis ce matin, il a constamment à l'esprit des visions de double et triple Mac juteux sur brioche au sésame avec frites et ketchup, avalés avec un cola géant.

«Oui, mon Vic, s'encourage-t-il, c'est bientôt la mort et l'enterrement de Bouboule. Ce surnom ne viendra jamais plus à l'esprit de personne! Neuf kilos perdus en dix jours, et autant le plus tôt possible!»

«Aurélie! Aurélie! Aurélie!» répète-t-il comme un mantra pour affirmer sa résolution de la conquérir.

7

C'est le branle-bas chez Jeanne et Line Nolin. Les deux sœurs se préparent pour la soirée chez Frank Latouche.

Jeanne, toujours accaparée par ses études, ne porte habituellement aucune attention à son habillement. Mais quand elle doit s'occuper de sa toilette, elle consulte Line, sa cadette, qui connaît toutes les boutiques de vêtements de seconde main.

Leur mère, décontenancée par l'accoutrement bizarre de Jeanne, doit se rappeler sa propre adolescence pour se rassurer. Elle sait bien que l'opinion des pairs est souvent plus importante que celle des parents.

– Si Jeanne se sent à l'aise dans son habillement, se dit madame Nolin, il faut croire que ce style de vêtement est en vigueur de nos jours. À son âge, je n'aurais jamais osé sortir en portant des pantalons délavés, rapiécés, pire que cela, troués et effilochés, ou encore si grands qu'ils ont l'air de venir tout droit d'un grand frère plus âgé. Et puis, si elle n'est pas malheureuse attifée comme cela, c'est tant mieux pour le budget!

Bien que Line s'habille, elle aussi, à bon marché, elle a un tout autre genre que celui de sa sœur. Elle est sportive, nageuse élite, et sa dédication aux sports se reflète dans ses goûts. Tout est pratique, fonctionnel et solide dans son choix de fringues. Elle sait d'avance ce qu'il lui faudra et prend le temps de chercher les meilleures griffes au meilleur prix.

– Une robe! Jeanne, il me faut une robe; Éric aimerait que je porte une robe... précise Line rêveuse. Il veut me voir en *jeune fille*, a-t-il dit!

– Le garçon qui me fera porter une robe n'est pas encore à l'horizon, coupe Jeanne, aussi vive en paroles qu'en gestes. C'est déjà assez ennuyeux de perdre un samedi soir pour des niaiseries pareilles, surtout pour faire plaisir à ce fendant de Frank Latouche. Si Charlotte n'avait pas tant insisté, il ne me verrait pas chez lui, c'est sûr. À part les performances de sa moto, de quoi peut-il bien parler? On dirait qu'il se prend pour le nombril du monde, lui, encore lui et toujours lui!

– Bah! Tu aimes danser, tu pourras toujours danser!

– En tout cas, je ne me laisserai pas accaparer. S'il m'ennuie, je danserai seule!

Jeanne a fait plusieurs années de ballet. Quand elle danse, on la regarde, on applaudit et on en redemande. Elle a abandonné parce qu'elle s'est intéressée aux problèmes des élèves et, petit à petit, y a consacré tout son temps libre. Le Conseil de l'école dont elle fait partie a éveillé sa conscience au point de lui faire accepter de contribuer au journal de l'école. La danse reste toutefois un moyen d'expression qu'elle adore. Elle trouve tout de même le temps de suivre les cours d'art dramatique de monsieur Racine. Il y a ce projet d'une pièce collective à monter avant la fin de l'année.

– On a de la chance, dit Line. L'École secondaire La Pinède fait sa vente annuelle. Dans ce quartier bourgeois, on a des chances de trouver quelque chose de bien. Sinon, nous irons au centre-ville.

– Puisqu'il le faut, dit Jeanne résignée. Je t'assure que je fais cela pour Charlotte. As-tu remarqué comme elle a maigri et comme elle est nerveuse. Elle a toujours l'air de fuir quelque chose ou quelqu'un...

– Pas Frank Latouche en tout cas! Dès qu'on aperçoit Frank, on est sûr que Charlotte va suivre.

– Voyons! Frank, Vic et elle sont des amis de toujours. Paraît qu'ils ont fait tout leur primaire ensemble, avec *ton* Éric. Il a dû t'en parler.

– Oui. Éric est très content d'avoir été invité à la soirée, il ne les voit plus souvent depuis qu'il a choisi...

– ... une école supposément plus exigeante que la nôtre, coupe Jeanne, moqueuse.

– Surtout à cause de la natation, corrige Line.

***

Comme chaque année, la cour de l'École secondaire La Pinède est très achalandée. C'est connu que les vêtements et bibelots, que les amis de l'établissement donnent pour cette vente, valent le déplacement; que le rapport qualité-prix est excellent, selon l'argument qu'emploie Line pour entraîner sa sœur.

Après s'être attardée à admirer les pins géants qui ont valu le nom de Pinède à cette école, Jeanne voudrait déjà quitter ce tohu-bohu.

– Tout est bien trop cher, fait-elle remarquer.

Mais Line a repéré un genre de pyjama d'hôtesse, violet, d'un riche tissu. Elle force Jeanne à l'essayer de peur que cette dernière décide de rebrousser chemin et de renoncer à la soirée faute d'une toilette convenable.

***

Pour amuser leur mère, Line a mis la cassette enregistrée de la dernière compétition de danse à laquelle Jeanne a participé. Celle-ci refait donc son numéro d'alors. Les larmes viennent aux yeux de madame

Nolin qui constate combien sa fille a changé en trois ans. Elle se dit : «C'est une vraie jeune femme maintenant.»

— Comme tu vois, c'est parfait dit Line, se sentant heureuse de l'achat. Jamais porté, le tissu sent encore le neuf!

— Je ne voulais pas payer dix dollars pour une toilette que je ne porterais qu'une seule fois.

— Mais tu la porteras au moins trois fois, précise Line. D'abord, pour la soirée. Puis, pour le festival de l'école; en ajoutant une longue écharpe enroulée autour du cou, elle fera un tout autre effet. Enfin, pour le bal de fin d'année; des rangs et des rangs de longs colliers lui donneront un genre bohémien. Et voilà, ton problème de toilette est réglé pour les plus grands événements de l'année!

— Si on peut appeler cela un problème, dit Jeanne peu convaincue.

— Et les chaussures? demande la mère.

— Rien ne me faisait. Mais ne t'inquiète pas, s'empresse d'ajouter Jeanne. J'irai pieds nus dans mes bottes de construction et les enlèverai pour danser.

– En mettant du vernis à ongles argenté pour habiller ses orteils et la chaînette du bouchon du lavabo à une cheville, ça va faire exotique, assure Line avec autorité.

– Et toi? Qu'est-ce que tu as déniché? demande la mère.

– Je vais aller enfiler ma superbe robe pour que tu juges...

– Attends de la voir! prévient Jeanne. Tu ne la reconnaîtras pas ta fille! Une vamp!

– Tara! chantonne Line qui s'avance en se déhanchant sur une musique nouvel âge.

La mère a le souffle coupé en voyant sa cadette avancer portant une longue robe noire qui réhausse la taille par un drapé serti de paillettes; manches longues et col montant, ouverture discrète tout le long du dos.

– Mon bébé! Ma petite dernière! ne peut se retenir madame Nolin. Elle ajoute en pensée, avec un brin de regret : «Mon garçon manqué».

De fait, ce n'est plus la sportive au pas balancé qui est maintenant intimidée par les exclamations admiratives de sa mère et de sa sœur, mais une jeune personne dont on ne peut dire exactement l'âge, sinon que le teint frais est bien celui d'une adolescente qui rayonne de santé.

– Trois dollars, maman. Je l'ai payée trois dollars seulement à la vente de l'école. Et un dollar pour les mules à talons hauts.

– Tu es sûre que tu ne te casseras pas la figure, dit avec inquiétude madame Nolin qui demande à sa fille de marcher normalement devant elle pour en juger. Cette robe a une drôle d'odeur, dit-elle en plissant le nez. Viens plus près que j'examine si elle est bien propre... c'est bien ce que je craignais en pensant au prix. Elle n'a pas été nettoyée. Va donc savoir qui l'a portée?

Devant l'air penaud de Line, elle lui promet de confier sa belle toilette au meilleur nettoyeur du centre-ville, près de son travail. Pour ne pas jeter d'ombre sur la joie que ressent Line à se montrer aussi belle en compagnie d'Éric, sa mère ne lui dévoilera que des années plus tard le coût de douze dollars du nettoyage : une aubaine tout de même!

8

Les premiers invités arrivent chez Frank. Les filles se sentent mal à l'aise dans leur toilette soignée et les garçons sont intimidés devant le raffinement de leurs copines. On parle pointu. On échange des politesses et l'on avance des opinions sur les événements qui font les nouvelles. Bref, il faut être à la hauteur de son apparence quasi adulte. Frank ne réussit pas à détendre l'atmosphère.

On peut saisir un soupir de soulagement général à l'arrivée de Charlotte et de Vic. Ce dernier cache sa propre nervosité par une blague à gauche, une autre à droite. Si bien que les boutades se croisent maintenant d'une extrémité de la grande salle du sous-sol à l'autre. Les garçons risquent enfin des compliments aux filles qui cachent avec coquetterie le plaisir qu'elles en ressentent. Après avoir parlé des devoirs, examens et potins qui courent dans l'école, les groupes se forment selon des intérêts variés. Dans un coin, deux mauvaises langues chuchotent.

– Pour qui Charlotte fait-elle ça, penses-tu? On n'a pas idée de se forcer à maigrir comme ça...

– Avec ses joues creuses, et ses lèvres et ses ongles peints en noir...

– ...une vraie sorcière!

Ils se taisent en voyant Charlotte s'approcher. Elle est spectaculaire, vêtue de noir, évidemment, alors que la plupart portent des couleurs gaies. On ne peut la manquer!

– On n'est pas à un enterrement, dit Hélène, elle-même en robe rouge à volants, style espagnol. Veux-tu bien me dire qui Frank attend-il encore? demande-t-elle à Charlotte d'un air innocent. Il ne tient pas en place.

À peine a-t-elle décoché cette petite méchanceté qu'entrent Aurélie, Jeanne,

Line et Éric, qui avait empilé les filles dans sa petite jeep.

Comme on n'a jamais vu Jeanne habillée *comme du monde*, selon les dires d'Hélène, elle est vite entourée et félicitée. Ce qui donne le temps à Frank de reprendre son sang-froid car, pour lui qui l'admire déjà, la transformation de l'adolescente ébranle son assurance proverbiale.

– Line, c'est bien ta sœur Jeanne qui est avec toi? dit quelqu'un en taquinant afin d'en finir avec la surprise et l'admiration qui se prolongent.

Line réagit en présentant Éric à ceux qui ne le connaissent pas et fait signe à Aurélie de mettre une cassette pour que la danse remette tout le monde dans la fête. Aurélie a saisi le signal. Elle se tourne vers Victor et l'entraîne résolument. Sous le choc de cette initiative inespérée, il manque les premiers pas. Il s'immobilise, puis reprend le rythme. Seul son instinct de danseur accompli lui permet de guider sa partenaire sans heurter les autres couples.

À un certain moment, il voit, sans les voir, Charlotte et Frank enlacés. S'il n'avait pas été si ému de danser avec celle pour qui il a perdu ces neuf kilos, il aurait remarqué que c'est pour garder son équilibre que Charlotte est pendue de cette façon au cou de Frank. Lui-même sent des petits nuages lui brouiller la vue; un peu de vertige qu'il dissipe en prêtant plus d'attention à sa partenaire. Il apprécie la souplesse d'Aurélie et son sens du rythme, mais il la trouve surtout adorable dans la simplicité de sa tenue. Les airs empruntés l'ont toujours gêné.

Furieux de n'avoir pu inviter Jeanne, Frank fait si peu attention à ses mouvements qu'il entre en collision avec Éric et Line. Les quatre restent plantés là.

– Mais c'est toi, Charlotte? Je ne t'avais pas reconnue! s'exclame Éric. Je vais de choc en choc, d'abord une Line super-chic, puis Jeanne et maintenant toi! Ce n'est pas nous, les gars, qui pouvons embellir si vite que cela. Frank, c'est à toi que l'on doit cette nouvelle Charlotte?

– Elle a simplement perdu son embonpoint de bébé, réplique-t-il, cynique.

Charlotte a l'air si peinée qu'Éric se rend compte que l'amitié de Frank pour Charlotte a changé de nature.

– Qu'est-ce qui lui prend de rabrouer Charlotte comme cela; c'est loin d'être gentil, je ne l'ai jamais vu si bête, se dit Éric.

En amenant Line près du bar d'où les parents ont pris soin de faire disparaître vin et alcool, Éric lui tend un verre de punch aux fruits et lui demande la permission d'inviter Charlotte.

– Elle a paru si désemparée par la boutade de Frank qu'elle me fait pitié.

– Bien sûr, accorde-lui tout le temps qu'il faut.

Line n'est pas fâchée d'avoir la chance de s'habituer à ses talons hauts. Ce n'est pas sans quelques faux pas qu'elle a réussi à danser en suivant la mesure.

– Va, je vais retoucher mon maquillage.

Éric pouffe de rire : «Il n'y a pas à dire, les soirées comme celle-ci changent les filles!» pense-t-il.

– Je t'aime mieux quand tu sors de l'eau qu'en femme fatale, ma Petite Sirène (surnom qu'il a promis de n'employer que lorsque Line et lui sont seuls), lui glisse-t-il à l'oreille, avant qu'elle ne s'éloigne.

Aussitôt que la musique a repris, Frank a cherché Jeanne des yeux. Pieds nus, tout donnée à la chorégraphie qu'elle improvise, elle semble irréelle, perdue dans un rêve. Petit à petit, les danseurs lui laissent tout l'espace pour mieux se saisir de l'émotion qu'elle rayonne. La musique se tait. Les applaudissements ramènent Jeanne sur terre. Confuse, elle propose gaiement une polka.

– Pourquoi pas une valse ou un tango, tant qu'à y être? Des danses de grands-mères que tu veux nous faire danser là? lance une fille en guise de protestation.

Victor a déjà déniché une polka et rétorque :

– Une danse de grands-mères en forme, en tout cas. Il faut du souffle pour la danser! Donnez-vous la permission aux gars d'enlever leur veston? demande-t-il aux filles, car une polka ça réchauffe!

– Bien sûr, répond-on de toutes parts.

– Je ne sais pas la danser comme il faut, dit Aurélie en poussant Victor vers Jeanne. Tu la danses si bien, toi. Invite Jeanne. Moi, je vais aller boire quelque chose en vous regardant.

Se présentant en bretelles, Victor prend la tête du tourbillonnement endiablé et fait tournoyer Jeanne comme un feu follet.

Frank échappe un juron en constatant que Victor lui a ravi Jeanne. Sa mauvaise humeur décourage Charlotte qui, d'ailleurs, ne se sent pas assez solide pour danser la polka. Elle regarde Frank se servir du punch, surprise qu'il n'ait pas invité l'une ou l'autre des filles qui n'ont pas de partenaire. «Il a l'air fâché. On dirait qu'il mijote quelque chose», se dit-elle avec inquiétude en le voyant quitter la pièce.

Revenu parmi les danseurs, Frank réclame l'attention générale. Il se plante devant Victor. D'une main, il tient un plateau de bananes; de l'autre, il fait péter les bretelles de Victor pour montrer combien la taille du pantalon est ample.

En ruminant sa déception, Frank s'était soudainement souvenu de la gêne de Victor lorsqu'un gros sac de bananes était tombé de son casier quelques jours auparavant. «Ma foi! c'était son lunch! Il s'imposait un régime! Je me demandais bien ce qu'il y avait de changé dans son apparence : il a maigri! C'est cela la raison des bretelles. Il va me payer cher de m'avoir enlevé Jeanne!» Et il avait concocté une revanche.

— Attention tout le monde! J'ai des félicitations à faire à notre cher ami Victor... claironne-t-il. Comme vous le remarquez, il a perdu tant de poids qu'il en perd son...

Avant qu'il ne puisse terminer sa phrase, Jeanne lance une banane à Victor en lui faisant un clin d'œil. À son air terrifié, Victor a compris. Il s'est transformé en gorille et s'avance vers elle en mimant des airs ravis et en poussant des rugissements plaintifs.

— King Kong! dit Éric en applaudissant. Jeanne ressemble à Fay Wray, souffle-t-il à l'oreille de Line.

— Qui ça?

74

– La vedette du film *King Kong*, explique Éric, membre d'un ciné-club depuis plusieurs années.

– Ah oui! Je me souviens du film, mais pas du nom de l'actrice. C'est vrai que Jeanne l'imite bien.

Éric et Line joignent leurs rires à ceux des autres qui tapent des mains et encouragent King Kong à faire la cour à Jeanne.

– Quel acteur! dit Hélène à Aurélie. On jurerait qu'il pleure pour vrai.

Aurélie a un serrement de cœur. Elle a compris que les larmes de Vic sont de vraies larmes.

– Ce n'est pas possible qu'il souffre de son embonpoint! se dit Aurélie. Lui que tout le monde aime. Personne n'est plus populaire que lui. Je me promets bien de le lui faire savoir.

Charlotte a entendu le commentaire d'Hélène. Elle est certaine, elle aussi, que les larmes de Victor sont de vraies larmes, comme celles qui commencent à délayer le maquillage de ses yeux. En prenant soin de ne pas se faire remarquer, elle se dirige vers l'escalier qui mène à l'étage pour essuyer le dégoulinage de son mascara.

Traversant la salle à manger où un buffet déborde de toutes les bonnes choses qui rassasieront les jeunes en fin de soirée, Charlotte empile petits gâteaux glacés, biscuits aux brisures de chocolat et carrés aux dattes sur une assiette et court s'enfermer dans la salle de bain.

En un rien de temps, le plateau de bananes qu'a apporté Frank a été vidé. Les filles s'en servent pour attirer l'attention de King Kong qui fait des mimiques d'admiration exagérée à sa partenaire. En réponse aux avances des autres filles, il va de l'une à l'autre. Il fait tournoyer celle-ci puis celle-là, les délaisse et revient faire des yeux doux à Jeanne. Il caresse les longs cheveux noirs d'une autre fille, mais exprime qu'il préfère la chevelure blonde de Jeanne en soufflant sur les mèches folles qui encadrent le visage de celle-ci et en roulant les yeux dont il ne montre que le blanc. Celles qu'il délaisse ainsi lui font des pieds de nez et autres grimaces. Toutes sont dans le jeu.

De son côté, Jeanne mime la peur en faisant de grands gestes comme ceux des acteurs et actrices des films anciens.

Elle se cache le visage, se tord les bras, se jette à genoux devant King Kong. On ne peut se méprendre sur sa terreur.

Plusieurs avouent n'avoir jamais vu ce film classique et demandent à Éric d'en résumer le scénario. En mordu du cinéma qu'il est, il ne se fait pas prier, d'autant plus que ce film «cinq étoiles», comme il dit, est l'un de ses favoris. Dans l'esprit de fête qui règne, il raconte avec la voix off d'un narrateur professionnel.

– Des explorateurs ont entendu parler d'un primate d'une taille et d'une force extraordinaire que les habitants de la jungle appellent King Kong, dit-il sur un ton lyrique. Après des déboires de toutes sortes, ces explorateurs, y compris une femme de très grande beauté, Fay Wray, qui accompagnait son fiancé, s'en emparent à des fins scientifiques.

Stimulé par le jeu de Jeanne et de Victor, Éric devient tout à fait dramatique.

– Ils sont de retour à New York avec King Kong, mais celui-ci, sentant ses forces centuplées par la rage et la frayeur, s'échappe avec la belle dont il est devenu amoureux.

Des ah! et des oh! scandent l'attention de l'auditoire qui joue le rôle d'une foule avide de sensations fortes.

– Poursuivi, King Kong se réfugie au sommet de l'Empire State Building, tenant dans le creux de sa main l'objet de son amour, dit Éric. Attaqué par des avions, King Kong dépose la belle sur une corniche pour se défendre. L'un après l'autre, il les attrape et les brise comme des jouets d'enfants. Puis, il revient vers la jeune fille et la contemple avec ardeur. Finalement, il est mortellement blessé, puis dégringole du haut de l'édifice pendant que le fiancé, tenant compte des précautions qu'imposent la hauteur de l'édifice et l'étroitesse de la corniche d'où elle tremble d'effroi, sauve enfin sa bien-aimée.

Tout le monde applaudit!

Pour sa part, Vic avait décidé de changer le scénario du film. Plutôt que de demeurer si farouchement amoureux de la blonde exploratrice, il avait décidé de chercher Aurélie et de terminer son sketch en délaissant sa première flamme pour la seconde.

Ramassé sur lui-même pour paraître plus gros et pour que ses bras aient l'air plus longs que d'habitude, Vic fait le tour de la salle pour trouver Aurélie. Les filles continuent à lui faire des avances, et rient de bon cœur de ses rebuffades. Soudain, il s'imagine qu'Aurélie a eu honte de lui et qu'elle s'est esquivée pour ne pas l'embarrasser.

Vic a mis tout son talent d'acteur pour rendre son primate émouvant à force de grimaces enamourées ou douloureuses. Il est maintenant épuisé par l'effort que lui a demandé cette longue performance. De plus, la faim lui tenaille l'estomac. Mais c'est surtout la crainte d'avoir perdu Aurélie à jamais qui lui donne le vertige. Il décide d'aller prendre sa veste et de filer en douce. La tête lui tourne si dangereusement qu'en entrant dans la petite chambre, qui sert de vestiaire, il s'assoit sur le plancher pour ne pas tomber.

«C'est bien ce que je mérite» se reproche-t-il à tort. «Aurélie me prend pour un clown ridicule. Et elle a bien raison de me planter là. Son invitation de tantôt ne signifiait rien. J'ai rêvé en couleur!»

La vérité est pourtant tout autre. Aurélie avait vu sortir Charlotte qui lui avait semblé malade. Ne la voyant pas revenir, elle a chuchoté son inquiétude à l'oreille de Line. Parties à sa recherche, les deux amies l'ont trouvée dans la salle de bain : assise sur le plancher, le visage barbouillé, sa jolie petite robe noire tachée comme la bavette d'un bébé qui commence à manger tout seul. Elle leur a fait peur.

C'est surtout son air égaré qui inquiète maintenant les deux amies. Elles lui parlent doucement sans que Charlotte ne paraisse les entendre. Puis, oh horreur!, elles la voient se traîner jusqu'au bol des toilettes où elle s'efforce de vomir.

– Qu'est-ce qu'on peut bien faire? demande Aurélie qui réprime un haut-le-cœur avec difficulté.

– D'abord, lui laver le visage à l'eau chaude pour la débarbouiller, puis à l'eau froide pour la faire revenir à elle, dit Line. Si maman était à la maison, je lui téléphonerais. Elle saurait exactement quoi faire, elle qui en voit de toutes les couleurs dans son travail d'assistante sociale. Mais, pour une fois, elle est sortie.

Le visage lavé, Charlotte revient à elle. Secourables, Line et Aurélie l'aident à se tenir debout. Fière comme toujours, elle leur fait promettre de n'en dire mot à personne.

– Tu vas t'étendre sur un lit et te reposer un peu avant de venir nous rejoindre, insiste Line. Personne ne s'apercevra de rien.

Trop tard, en sortant de la salle de bain, elles se heurtent à Frank.

Humilié une fois de plus par sa mauvaise conduite et voyant que tout avait si bien tourné en faveur de Vic, Frank allait à sa chambre reprendre le courage qu'il lui fallait pour continuer à s'occuper de ses invités.

– Charlotte! Mais qu'est-ce qu'il t'arrive? demande-t-il. Sa voix est pleine de la vieille amitié qu'il avait autrefois pour son amie d'enfance.

Aurélie et Line sortent discrètement, devinant que ces deux-là en ont gros à se dire.

La danse avait repris de plus belle avec Jeanne menant le bal. Mais lorsqu'elle voit apparaître les deux ados, elle les entraîne vers le bol de punch et veut savoir ce qui se passe.

– Charlotte a eu un petit malaise, mais elle va mieux. Frank est avec elle, répond Line qui évite de regarder sa sœur.

Jeanne insiste. Malgré leur promesse faite à Charlotte, Line et Aurélie lui font comprendre leur inquiétude à mots couverts. Jeanne avoue qu'elle se soucie également du comportement bizarre de leur amie.

– Je me demande comment il peut encore lui rester quelque force; elle a l'air d'un squelette ambulant. Ce n'est pas normal de maigrir si rapidement. Je vais tirer l'affaire au clair.

– Tirer l'affaire au clair? Serais-tu une détective privée en service, par hasard? demande Éric qui vient de les rejoindre.

– Personne n'a retenu mes services, mais j'ai bien l'intention de me lancer sur une piste sérieuse! Allez danser avant qu'on attire l'attention générale. Si j'ai besoin d'aide, je vous ferai signe.

Jeanne monte à l'étage. En traversant la salle à manger, elle remarque la dévastation de certains plateaux.

– Étrange, dit la nouvelle investigatrice.

Elle refait la présentation des assiettes et se dirige vers la salle de bain.

Les voix de Frank et de Charlotte lui parviennent de la chambre voisine. «Dites donc! En voilà une façon de se conduire quand on est l'hôte d'une soirée!» se dit Jeanne scandalisée. Son nom prononcé par Frank la cloue sur place. «En plus de cela, on parle de moi! se dit-elle. On est détective ou on ne l'est pas! Si je veux résoudre le mystère, il faut tout de même que j'en connaisse le premier mot!»

Sans plus de scrupules, elle écoute à la porte et apprend le désespoir de Charlotte qui, le plus dignement possible, avoue à Frank qu'il lui est devenu cher. Honnêtement, il lui fait comprendre qu'il ne sera toujours qu'un ami fidèle, et même plus que cela.

– Si j'avais une sœur, je ne pourrais pas l'aimer plus que toi. Ça me secoue pas mal de t'entendre me dire tout cela. Je ne l'aurais jamais imaginé. Ne t'en fais pas Charlotte, tu vas trouver mieux que moi, ajoute-t-il si gentiment qu'il en est lui-même tout étonné. Tu es trop pressée! continue le garçon. Donne-toi du temps... Moi, comme tu l'as peut-être deviné, c'est Jeanne Nolin qui m'intéresse. Dans le fond, nous sommes dans le même bateau... j'aime Jeanne et toi... Au moins, tu as en moi un ami de longue date et j'ai beaucoup d'affection pour toi alors que tout ce que je peux espérer de Jeanne, c'est qu'elle ne me déteste pas franchement.

Jeanne a failli révéler sa présence tellement elle ne s'attendait pas à une telle déclaration. La surprise l'empêche d'entendre les quelques phrases qui suivent. Elle revient à son rôle de détective pour saisir les mots : *régime*, *embonpoint*, *surpoids* et le nom de Victor.

– Une vraie obsession, cette histoire de poids! se dit-elle. Ce n'est pas possible que le physique ait une telle importance! Je n'aurais certainement pas confiance en quelqu'un qui choisirait ses amis uniquement en raison de leur apparence. Le plus étrange, pense-t-elle, réfugiée à son tour aux toilettes pour mettre de l'ordre dans ses idées, c'est que toute cette souffrance vient d'une crainte sans fondement. Charlotte a toujours été recherchée pour son énergie, son entrain, son gros bon sens. Et Victor, combien de fois ai-je entendu dire quel super type il est?

L'allure de zombie de Charlotte et le souvenir de la panique qui se lisait sur le visage de Vic lorsque Frank a attiré l'attention des invités sur la taille flottante de son pantalon lui font comprendre le sérieux du problème.

– Il faut faire quelque chose pour ces deux-là avant qu'il ne soit trop tard, se dit Jeanne. Aussi pour les autres qui seraient tentés de compromettre leur santé en suivant des régimes excessifs... C'est bien ce qu'il me fallait! Comment faire comprendre à Frank que je n'ai pas le cœur à la romance sans avouer que je les épiais? J'admets que j'aurai plus de respect envers lui, maintenant que je l'ai vu si gentil avec Charlotte... J'espère surtout qu'il ne s'acharnera pas à vouloir me conquérir, car j'ai des projets plus larges que ces amourettes!

Elle est finalement forcée d'ouvrir la porte de la salle de bain à deux ou trois copines qui frappent à coups redoublés.

– Dis donc, le trac a des effets drastiques sur toi! Voilà cinq bonnes minutes au moins qu'on danse à la porte de ces fichues toilettes! dit en taquinant l'une d'elles qui envahit la place avec les autres.

En bas, les airs empruntés du début de la soirée sont bel et bien disparus. Les danses vigoureuses et les bonnes blagues ont ramené la camaraderie habituelle dans tout le groupe.

9

– Bon! Victor a disparu, il ne manquait plus que cela maintenant! se dit Aurélie.

Très fatiguée à la suite des émotions qui viennent de la secouer, Aurélie décide de se réfugier au vestiaire pour se reposer un moment.

La faible lumière de la pièce l'empêche d'apercevoir Victor. Après s'être laissée tomber sur un gros pouf accueillant et avoir fermé les yeux, elle entend un murmure sourd, une sorte de râle.

Elle hésite à rouvrir les yeux, tellement elle a l'impression qu'un nouveau cauchemar l'attend. Un gémissement la ramène brutalement à la réalité. Vic est affaissé dans le coin opposé. Comme s'il sentait une présence amie, il revient à lui. Son malaise n'a duré que quelques minutes. Aurélie ne veut pas qu'il se lève brusquement comme il en fait mine.

– Tu t'es trop démené, Vic. Repose-toi encore un peu. Tu as été formidable, tu sais!

– Il faut dire que j'ai le physique d'un gros gorille, répond-il mi-figue, mi-raisin.

– Je te défends de te déprécier. Tu sais d'ailleurs ce qu'on dit : «Plus on est gros, plus ça en fait à aimer!»

Surprise de sa réplique qui lui fait découvrir ce qu'elle ressent pour Victor, elle rougit dans la semi-obscurité. Et lui donc! Il n'ose pas en croire ses oreilles! Est-ce possible qu'Aurélie...? Il ne sent plus le vertige qui lui a fait perdre connaissance pendant quelques instants. Il va à la rencontre d'Aurélie qui elle aussi vient vers lui.

Comme toujours en pareilles circonstances, quelqu'un ouvre la porte... c'est Jeanne. Elle devine tout à la rougeur de leurs visages. Elle est toute heureuse, car elle estime beaucoup ses deux copains. Elle les rapproche l'un de l'autre et les embrasse avec affection.

– J'ai oublié ce que je venais faire ici, mais j'en profite, Victor, pour te féliciter de ta performance. Il faudra absolument que tu me donnes un coup de main pour organiser la soirée des parents. Monsieur Racine me talonne déjà pour trouver un thème. On s'en reparlera, hein? Allons au buffet maintenant, enchaîne Jeanne en resortant.

– Je viens de perdre neuf kilos, je ne veux pas les reprendre si vite...

– C'était donc vrai cette mauvaise blague de Frank? gronde Aurélie.

Vic a l'air si embarrassé qu'elle lui épargne les remontrances qu'elle allait lui faire. D'ailleurs, son intuition lui fait comprendre que c'est pour ses beaux yeux qu'il s'est imposé un régime drastique. Ébranlée par tant d'ardeur, elle le menace du doigt.

– Jamais plus de régime bidon...

– Comme le régime aux bananes! précise Victor.

**

Autour du buffet, Frank échange des plaisanteries avec ses invités. Il est plus gentil qu'on ne l'a vu depuis bien longtemps. Jeanne qui l'observe se rend compte à quel point il peut être charmant.

– Il gagne à être connu, pense-t-elle. Je peux comprendre que Charlotte soit attirée par lui. Mais dites donc, Charlotte n'est pas là...

De l'autre côté de la table, Frank rencontre le regard de Jeanne. Il sait qui elle cherche. Il va vers elle pour lui dire à voix basse.

– Elle dort paisiblement. Probablement le reste de la nuit. Ses parents sont absents, je ne la réveillerai pas. Mais, pour ne pas faire d'histoires, est-ce que tu coucherais ici? Dans la chambre d'amis! ajoute-t-il rapidement, gêné à la pensée qu'elle pourrait mal interpréter sa demande. Je crains pour sa santé. J'ai bien peur qu'elle se soit esquinté le système. Il va falloir la convaincre de se faire soigner; elle t'écoutera mieux que moi...

– J'en doute. Elle n'aimerait pas que je me mêle de ses affaires, la situation est délicate. Aurélie serait mieux placée que moi.

– Tu as raison. Je vais lui en parler.

***

Depuis cette soirée mémorable, l'infirmière de l'école a examiné Charlotte. Puis, elle a contacté sa mère. La pauvre femme, elle-même une adepte des régimes «bidons», selon l'expression d'Aurélie, ne s'est pas laissé facilement convaincre que sa fille était sérieusement en danger et qu'il fallait consulter un spécialiste.

Finalement, elle a accepté d'amener Charlotte à un centre réputé pour adolescents souffrant de troubles alimentaires. Le médecin a immédiatement diagnostiqué l'anorexie et la boulimie, qui résultent de jeûnes extrêmes que le système compense par des excès.

– Double condition dont souffrent tant de personnes, commente-t-il, et pas des moins intelligentes ni des moins douées : étoiles de ballet, gymnastes de haut niveau, mannequins, etc., prêtes à mourir de faim pour mieux performer, croient-elles. Naturellement, lorsqu'elles n'en peuvent plus, elles se gavent et se forcent à tout régurgiter...

Sentant l'attention de sa patiente lui échapper, il continue avec sympathie.

– Je ne soigne pas en imposant un régime. Les régimes font plus de tort que la maladie n'en cause. Nous allons commencer par une thérapie de groupe.

Soutenue par l'amitié d'Aurélie et de Jeanne, Charlotte a finalement accepté de participer aux sessions.

Elle s'imaginait qu'on ferait pression pour la faire manger. Elle était prête à résister!

– Je n'ai pas souffert de tout cela pour rien. Je m'aime comme je suis devenue, se répétait-elle, têtue.

Elle n'était pas prête à abandonner sa minceur... par laquelle elle croyait toujours gagner le cœur de Frank.

– En réalité, il n'est jamais question de nourriture dans nos rencontres, confie-t-elle à Jeanne quelques semaines plus tard. On fait des exercices...

– Quelles sortes d'exercices? dit Jeanne en l'interrompant.

– ...d'appréciation de soi. En se présentant au groupe, on explique en quoi on réussit le mieux. On est invité à parler de ses succès. D'en apporter même des preuves, comme un trophée, un ruban, une composition bien notée, une photo prise lors d'un événement où on aurait été à l'honneur, n'importe quelle preuve de succès personnel. Au début, je trouvais cela débile. Je l'ai fait parce que ma mère était tellement bouleversée. Elle se sentait coupable de ne pas s'être aperçue de ma maigreur. À la fin, ça remonte le moral. C'est incroyable comme cela fait du bien.

C'est un traitement qui a fait ses preuves et continue d'en faire. Les médecins ont découvert que le problème en est un de fausse conception de son apparence. Qu'il fallait réconcilier les gens avec leur corps et leur faire prendre conscience de leurs vraies valeurs, physiques et morales, de leurs qualités réelles.

– Et le poids? demande Jeanne délicatement.

– On nous fait trouver ce que doit être notre poids idéal par l'évaluation de la masse musculaire. Cela nous démontre que le métabolisme est différent pour chaque personne et que les normes varient; qu'il faut les respecter pour ne pas détraquer son propre corps.

La joie de vivre, une force naturelle chez Charlotte, a petit à petit repris le dessus. Une fois la faim calmée, qui lui brouillait constamment les esprits, Charlotte a commencé à s'interroger sur sa «passion» soudaine pour Frank.

Elle peut maintenant analyser la situation. Elle en parle à cœur ouvert avec Jeanne qu'elle ne voit plus comme une rivale.

– Frank est un beau garçon, il faut l'admettre, et il peut être très, très gentil. Avec son blouson de cuir et sa moto, il me faisait penser à Marlon Brando dans *Rebel Without a Cause* ou à James Dean. J'ai voulu me créer un genre qui irait bien avec cette image-là. Je me disais qu'on serait sensationnels tous les deux. Mais il fallait maigrir. Puis, cela est devenu une obsession. Je voulais absolument entrer dans les vêtements qui conviennent à ce genre, mais toujours trois fois trop petits pour moi. Pour y arriver, je me suis mise à manger de moins en moins. Puis, j'ai commencé à avoir de terribles crampes d'estomac. Pour avoir le courage de persévérer, je m'accrochais à l'idée que j'étais amoureuse de Frank, ce bon vieux copain de toujours, parce que je croyais dur comme fer qu'on formerait un super couple. Qu'on parlerait encore de nous dans vingt-cinq ans d'ici, à toutes les réunions d'anciens!

– Sans compter la gloire du présent, souligne Jeanne en riant.

– Maintenant, reprend Charlotte, je n'ose plus regarder Frank en face! Ni lui, ni Aurélie, ni Line. Quand je pense à ce que je devais ressembler quand elles m'ont trouvée dans la salle de bain...

– C'est loin tout cela, Charlotte. Ce que tu as vécu nous a permis de mettre le doigt sur un problème dont souffrent beaucoup d'autres ados. Ton expérience pourrait servir à tous ceux et celles qui ont les mêmes angoisses. Il m'est venu une idée, risque Jeanne avec précaution.

– Ah! Pas question que je *témoigne* devant toute l'école, si c'est ça ton idée...

– Non. Je ne te demanderais jamais une chose pareille. Seulement de m'aider à préparer une trousse de prévention sur le sujet des troubles alimentaires et une façon de la présenter.

– Je ne dis pas non. Laisse-moi le temps de me faire à l'idée, tout de même.

***

Il arrive encore à Victor de désespérer de sa grosseur. Il retourne à la piscine et au gymnase, mais seulement quand il est certain qu'aucune fille ne sera présente, surtout pas Aurélie.

Il a consulté un médecin, passé une batterie de tests. Son obésité est héréditaire, il sera toujours gros. Le médecin lui a dit avec sympathie :

– Jeune homme, tu dois apprendre à vivre avec toi-même! Comme chez tous les obèses, il y a risque de troubles cardiovasculaires et de diabète. Il faudra donc que tu surveilles toujours ce que tu manges et surtout tu devras rester modéré dans les quantités.

Pour se consoler, il se rappelle la phrase d'Aurélie : «Plus on est gros, plus ça en fait à aimer!»

10

Avec son flair de bon vieux prof, monsieur Racine a senti qu'il se passait quelque chose au sein de notre petit groupe d'amis : ce sont ses élèves les plus proches de lui, qui font partie de son club d'expression dramatique. Au cours des ateliers qu'il dirige, il a découvert de par leurs créations collectives leurs sentiments profonds, même s'ils les déguisent souvent, par pudeur ou timidité, sous des airs arrogants et trompeurs. Des liens très particuliers se sont donc créés entre ces acteurs et monsieur Racine. C'est avec un intérêt réel qu'il s'est amené à la rencontre du comité artistique de la soirée des parents.

– En raison des événements tumultueux qui se sont passés chez Frank, commence par dire Jeanne, visiblement émue, je suggère qu'on cherche un moyen d'aborder le problème des troubles alimentaires et d'offrir de l'information aux élèves et aux parents pour corriger cette situation.

Tous les membres du comité admettent la nécessité d'informer les élèves. Mais certains ont des doutes sérieux sur l'utilité de faire participer les parents.

– On va les ennuyer avec des principes élémentaires qu'ils connaissent mieux que nous; après tout, ils nous ont élevés! On aurait l'air de leur dire qu'ils ne connaissent rien et qu'ils ont manqué leur coup.

– Non, non! Il ne s'agit pas de critiquer l'éducation qu'ils nous ont donnée. Mais d'ouvrir les yeux à plusieurs d'entre eux sur les pressions que nous subissons. La publicité, par exemple. Ces filles à taille fine et ces garçons tout en muscles... Comme si tout le monde sortait du même moule!

– Et toutes ces annonces pour vendre des produits alimentaires qui sont ou bien pleins de graisse, ou bien sans valeur nutritive...

– La plupart de nous préparons nos lunchs nous-mêmes, n'est-ce pas? Toi, Daniel, est-ce que ta mère vérifie ce que tu apportes, demande Jeanne à son copain de droite.

– Elle sait bien que je ne suis pas le gars à faire mes sandwiches! Elle me donne de l'argent pour que je mange à la cafétéria.

– Je ne t'ai pourtant jamais vu là. Penses-y une minute, pas nécessaire de répondre à haute voix : qu'est-ce que tu manges au lunch?

– Je vais être franc. Je vais à l'arcade en face...

– Et tu joues ton argent... interrompt Victor...

– Mais je mange...

– Un *sac de chips*, lance un copain.

– Ce sont celles annoncées *sans cholestérol*... se défend Daniel.

– Tu bois un jus de fruit? interroge Aurélie en le taquinant.

Autour de la table, tout le monde rit. Parce que tous les jours le garçon arrive en classe tout essoufflé. Occupé comme d'habitude aux manettes des machines à boules, il n'a pas vu filer le temps. Sa canette de coca-cola plus ou moins bien dissimulée lui a été si souvent reprochée par les profs que c'en est devenu légendaire.

– On a compris, admet celui qui avait craint d'insulter les parents.

– Même s'il est évident qu'il y aurait une campagne à entreprendre, objecte encore l'un des participants, ce n'est pas un sujet très scolaire.

– D'ailleurs, on nous a rentré dans la tête le groupe alimentaire canadien depuis nos premières années du primaire... lance encore quelqu'un en signe de protestation.

– Et tu t'en occupes, toi?

C'est Charlotte qui vient de parler. Charlotte qu'on évitait de regarder pour ne pas la gêner, car tous ses amis savent qu'elle participe encore à des sessions de thérapie de groupe, même si elle a repris un peu de sa rondeur d'autrefois. Elle raffermit la voix et continue.

– Il faut dire clairement aux parents comment reconnaître les signes d'anorexie. Ils aiment croire que la perte de poids signifie qu'on a définitivement quitté l'enfance, qu'on devient adolescent. Surtout si eux-mêmes attachent beaucoup d'importance à leur apparence et ont la manie des régimes.

– Il faut aussi les déculpabiliser d'avoir mis au monde un éléphant, intervient Victor. Si je n'avais pas senti leur embarras de me voir si gros, j'aurais pu leur confier les petites misères qu'on m'a faites dès le jardin d'enfants et recevoir leur appui.

Les interventions de Charlotte et de Victor sont suivies d'un silence respectueux. Tous sympathisent à la souffrance qui a été la leur.

Puis, les yeux se tournent vers monsieur Racine. Il sent, plus qu'il ne l'a jamais senti, qu'en ce moment il représente leurs parents et que ses chers ados attendent de lui l'appui qu'ils attendent d'eux. Il doit s'éclaircir la voix.

– Je suis très ému, commence-t-il à dire, par la per-ti-nen-ce du sujet que vous abordez. Vous touchez du doigt l'aspect es-sen-tiel de l'éducation qui est : «un esprit sain dans un corps sain». Comme vient de le prouver Daniel, vos parents vous font de plus en plus confiance. Ils contrôlent de moins en moins vos agissements, ce qui est bien normal. Ils vous ont é-du-qués depuis votre naissance et comptent bien que vous agirez selon leurs en-sei-gne-ments et ceux des éducateurs qu'ils ont choisis pour vous. Pour toutes sortes de raisons, entre autres l'influence de la pu-bli-ci-té, vous n'adoptez pas toujours les principes reçus. Daniel n'est pas le seul. La diététicienne qui supervise les cafétérias de nos écoles déplore vos choix.

Tout le monde sourit, car la diététicienne en question n'est nulle autre que madame Racine elle-même.

– Elle est obligée de dé-gui-ser ses bons plats nutritifs en *junk food*. Pardonnez-moi l'an-gli-cis-me, j'espère qu'il n'y a pas d'équivalent français. C'est donc dire que le message aura d'autant plus de force qu'il sera présenté aux adolescentes et adolescents par leurs pairs. De tout cœur, j'approuve le thème proposé.

Autour de la table, plusieurs se mettent déjà à l'aise par peur d'un de ses longs discours.

– Il ne s'appelle pas Jean Racine pour rien, avait écrit Victor sur un petit papier glissé vers Aurélie.

Du tac au tac, elle lui griffonne : «S'il avait fallu qu'il s'appelle Pierre Corneille, on aurait eu droit à une tragédie!»

Le cher homme n'enseigne pas depuis tant d'années les grands auteurs français sans avoir acquis un amour des belles phrases. Quoique toujours prêt aux grandes envolées oratoires, il signifie qu'il leur laisse aujourd'hui la parole.

Leurs petits soupirs de soulagement ne lui échappent pas. Il n'en dirait pas plus long, mais il leur sourit d'un air moqueur qui semble dire : «Je vous ai bien eus, hein!»

– Levez la main ceux qui sont en faveur de ce thème, réclame Jeanne, présidente du comité.

– Au travail maintenant, conclut-elle devant l'approbation générale. Première étape, trouver de l'information. Après, on travaillera en vue de présenter cela à notre public le plus efficacement possible.

– En ce qui concerne la nutrition, madame Racine sera certainement heureuse de vous fournir de la documentation, confie monsieur Racine.

«Madame Racine... chuchote une voix moqueuse, il ne pourrait pas dire ma femme ou mon épouse comme tout le monde...»

Un *chut* énergique de Victor, qui admire cette dignité à l'ancienne mode du prof, rappelle le railleur à l'ordre.

– Et moi, ajoute Charlotte, je vous apporterai les renseignements précis que j'ai trouvés au Centre national d'information sur les troubles alimentaires, y compris les statistiques.

11

Les mots *calorie*, *cholestérol*, *protéine* et même *stéroïde* s'entendent à tout moment après la rencontre du comité. Tous, encore secoués par les malheurs de Charlotte et de Victor, mettent leur bonne volonté dans leur recherche. Ils échangent les renseignements et en discutent pour faire surgir les idées quant à la meilleure façon de renseigner parents et élèves.

Les statistiques du Centre de traitement sont troublantes : 80 % des femmes, affirme-t-on, ont suivi un régime avant l'âge de 18 ans; et 40 % des fillettes de 9 ans en ont déjà suivi un.

Jeanne est plus décidée que jamais à faire comprendre aux jeunes l'importance d'être bien dans sa peau.

– Ta conviction te fait honneur, lui fait remarquer Line. Mais tu es toi-même si mince que tu n'arriveras jamais à convaincre personne que plus grosse tu serais aussi heureuse de ton apparence.

– Tu as raison. Il faudrait que l'illustration la plus frappante de ce que j'avance soit fait par quelqu'un de plus en chair...

– Victor! s'exclament les deux sœurs en même temps.

***

La partie récréative de la soirée des parents sera donc le coup d'envoi d'une campagne intensive qu'on intitulera : «Pour être bien dans sa peau».

Madame Racine a soumis au Comité l'ébauche d'un atelier qu'elle a donné avec succès dans plusieurs écoles. Avec son aide, on pourra l'organiser avec profit.

Le comité des affiches, Aurélie en tête, secondée par Line, commence déjà à préparer des illustrations per-ti-nen-tes.

Pour le soir même de la visite des parents, Swami Victor invitera à la consultation. Vêtu d'une tunique de soie jaune safran, en turban vert émeraude orné d'une aigrette de plumes mauves, il trône devant sa boule de cristal sur un pouf de velours cramoisi.

Devenu comédien pour se protéger des constantes allusions à sa taille, Victor est connu pour ses réparties faciles et ses imitations parfaites.

– Dans cette boulé dé crystal, Swami Victor lit votré passé, votré présent et votre avénir, annonce-t-il d'un ton nasillard.

Puis, il invente des dictons amusants dans le style de Confucius, comme ceux qu'on trouve dans les *fortune cookies*, ou alors il emploie des formules proposées par les spécialistes des troubles alimentaires avec les participants de leurs ateliers. Comme :

«Pour vous sentir bien dans votre peau, rappelez-vous, à l'occasion, ce que vous aimez de votre corps.»

«Apprendre à vous accepter tel que vous êtes est essentiel à la saine image que vous aurez de vous-même.»

«La calorie est une mesure d'énergie comme le kilomètre est une mesure de distance. La calorie ne devrait pas effrayer plus que le kilomètre.»

Mais son dicton favori reste : «Plus on est gros, plus ça en fait à aimer.» Et chaque fois qu'il le répète, il cherche Aurélie du regard et lui sourit. Elle est à la table des recettes fournies par madame Racine et en distribue généreusement des copies.

Huit danseuses et danseurs, qui incarnent chacun l'un des aliments du guide alimentaire canadien, sont les vedettes d'une petite comédie musicale loufoque qui est applaudie à tout rompre!

Un défilé de mode avec des mannequins de toutes dimensions remporte aussi un grand succès.

**

«Le problème des ados quant à leurs kilos est grave. Nous avons voulu l'attaquer avec entrain et bonne humeur pour accrocher l'attention de tous et ne rebuter personne» lit monsieur Racine à son épouse, tenant le journal de l'école à bout de bras. Il explique avec fierté :

– C'est une citation de Jeanne. Elle a eu droit à une entrevue le lendemain de la soirée.

L'article illustré de nombreuses photos fait la page centrale du journal.

«Aussi, de concert avec les autorités de l'école, poursuit monsieur Racine, nous traiterons ce problème à fond, comme il se doit. Selon nos recherches appuyées sur des sources sûres, la solution est dans l'amour de soi, de son corps. C'est pourquoi, à la sortie, nous avons distribué des lunettes roses à tout le monde pour rappeler qu'il faut apprendre à se regarder sous son meilleur jour.»

– Ces ados, conclut monsieur Racine, ces a-do-les-cents, de toute taille et de tout poids, c'est bien l'espoir de demain!

Achevé d'imprimer en mars 1997
sur les presses
du Centre franco-ontarien de ressources pédagogiques